AF499880

ÉLOGE

DE L'AMITIÉ.

PAR M. BOYER,

RÉGENT DE RHÉTORIQUE AU COLLÉGE DU MANS, MEMBRE RÉSIDANT DE LA SOCIÉTÉ ROYALE DES ARTS DE LA MÊME VILLE.

AU MANS,

De l'Imprimerie de MONNOYER, Imprimeur du ROI.

A PARIS,

Chez LECLUSE, Libraire, rue neuve St.-Eustache, n° 45.

1821.

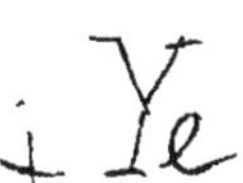

AVANT-PROPOS.

Cette Pièce de Vers, lue dans la Séance publique de la Société Royale des Arts du Mans, le 14 décembre 1820, est un petit monument que la reconnaissance a eu l'intention d'élever à l'AMITIÉ; l'amour-propre littéraire n'y a pris aucune part. Des couplets chantés dans une fête de famille, et dictés par le cœur, m'en inspirèrent la pensée. Depuis mes premières études, l'Amitié n'a cessé de me faire éprouver son heureuse influence. Quel puissant motif pour avoir désiré en faire l'objet de mes faibles chants, et contribuer à entretenir ce feu sacré dans les cœurs !

ÉLOGE DE L'AMITIÉ.

Séjour de paix, aimable solitude,
Où loin du monde et d'un brillant fracas,
Le cœur exempt d'inquiétude,
Je puis enfin goûter, sans aucun embarras,
Et comme un voyageur abordant au rivage,
Ce fortuné loisir, si désiré du sage,
Cet innocent et doux repos,
Mais qui n'est vraiment doux qu'après de longs travaux;
Séjour selon mes vœux, c'est ici que j'oublie
Cette foule de maux qui tourmentent la vie.

Tous ces riants tableaux qui ravissent mes yeux,
Ce fertile pays que traverse une eau pure,
Me disent : « que de biens l'auteur de la nature
Offre à l'homme pour être heureux ! »
Mais de ce Dieu si bon l'éternelle sagesse
Voulut que, par leur choix, surtout par leur emploi,
L'homme, réligieux dès sa tendre jeunesse,
Sût arriver au vrai bonheur par soi.

Quel est donc de ces biens qui, même sur la terre,
Peuvent fonder notre félicité;
Quel est celui que je préfère?
Dix lustres ont en moi ce choix bien arrêté.

Est-ce vous, dignités, richesse,
Que je vais mettre au premier rang?
Non; trop souvent j'ai vu l'intrigue et la bassesse,
De votre éclat trompeur décorer le méchant.

Est-ce toi, sublime science,
Toi qui reçois partout le plus flatteur accueil,
Qui, sur tout l'univers, exerces ta puissance?
Non, pardonne-moi, non; un ridicule orgueil
A sa honteuse dépendance
Trop aisément sait t'asservir.

C'est toi, douce AMITIÉ, que, dès mon premier âge,
Par-dessus tous les biens mon cœur voulut choisir;
C'est toi qui m'inspiras ce généreux désir
Qui tend à la vertu comme au plus beau partage.
C'est toi qui, dans l'adversité,
Soutins, ranimas mon courage;
Me signalas vingt fois quelqu'écueil redouté,
Me garantis d'un funeste naufrage:
Et, lorsqu'enfin j'arrive au port tant souhaité,
Me reçois dans ton sein, et promets à ma vie
Un soir riant, encor plus beau que son matin.

Éternel, ta bonté vraiment est infinie,
Quand, pour nous soulager, ta bienfaisante main,
Épanche en notre ame abîmée,
Des plus doux sentimens cette source embaumée.

Le généreux penchant qui porte les bons cœurs
A se plaire, à s'aider par de doux sacrifices,
A partager entre eux les plaisirs, les douleurs,
Paraît dans les enfans, sur le sein des nourrices.
On les voit s'attirer de leurs bras caressans,
Répondre tour à tour à leurs ris, à leurs larmes;
S'exciter au plaisir par des jeux innocens,
Et se communiquer leur joie et leurs alarmes.

L'Amitié croît en eux avec leurs jeunes ans.
Déjà fermes, et fiers de leurs forces nouvelles,
Unis pour se défendre, épousant leurs querelles,
Ils se montrent amis courageux et constans;
Leur générosité nous ravit, nous étonne.
Se font-ils des présens? c'est le cœur qui les donne;
Nul ne veut, pour lui seul, les faveurs ou l'amour :
Ils se payent toujours du plus tendre retour.

Bientôt vous les voyez compagnons de collége,
Nobles rivaux, sans cesser d'être unis,
Dans ce monde nouveau l'Amitié les protège.
Heureux qui sait, dès-lors, en connaître le prix!

Par sa douce chaleur l'étude fructifie,
Ses vertus vont former le tissu de la vie.

Mais pour serrer des cœurs ce nœud si beau,
Déjà de la raison luit le divin flambeau.
L'estime, dès cet âge, à l'Amitié préside.
Ce n'est point un goût vague, un dehors séducteur,
Ce n'est point la fortune encor qui la décide,
Ni le servile espoir d'un puissant protecteur;
Talent et bonté, seuls, réglent les choix du cœur.

Oui, du printemps la féconde influence
Est moins favorable à nos champs,
Que ne l'est à l'adolescence
Une Amitié précoce en pieux sentimens.
Efforts encouragés par de dignes modèles,
Succès accompagnés d'ineffables douceurs,
Solides entretiens, conseils toujours fidèles,
De secours obligeans échanges si flatteurs,
Lauriers, qui ne coûtez ni du sang ni des pleurs,
Ah! vous ornez le premier âge
Des plus aimables souvenirs;
Vous présagez, pour le pélerinage,
De ces jours purs et sans nuage;
Remplis par les travaux et les loisirs du sage,
Jamais empoisonnés par d'amers repentirs.

L'âge mûr vient ; une humeur plus austère
Dans l'Amitié déploie un plus grand caractère.
Les hommes, dans les rangs, dans les états divers,
Se prêtent leur crédit pour servir la patrie,
Comme les élémens, dans ce bel univers,
Par leurs affinités, maintiennent l'harmonie.
Cet âge de fatigue et d'immenses travaux,
Où se montre du cœur la plus mâle énergie,
Se distingue en vertus plus encor qu'en génie.
Alors de l'Amitié paraissent les héros.
Combien, lorsque Bellone exerçait sa furie,
Ne se sont pas jetés au plus fort des combats,
Pour sauver, par un beau trepas,
Un ami plus cher que leur vie !
Annales des Français, ô que d'illustres noms
Vous transmettrez à la mémoire !
Peuple fier et vaillant, quelle est, des nations,
Celle qui te surpasse en veru comme en gloire ?

Mais la vieillesse arrive ; et quand l'enchantement,
Quand les illusions quittent l'ame abusée,
L'Amitié reste seule ; et bien loin d'être usée,
Ses traits sont rajeunis, son front est plus riant :
C'est notre dernier bien, il doit être charmant.
Heureux, alors, heureux qui l'aura cultivée.

Qu'est devenu d'amour le charme séducteur,
Le doux accent, la folle ivresse,
Ce serment solennel d'éternelle tendresse,
Ces gages répétés, ce suprême bonheur ?
Tout s'est évanoui : l'amour à tire-d'aile
S'enfuit ; et, d'un regard malin,
Riant de sa ruse cruelle,
Insulte au cœur trompé qui le rappelle en vain,
Et qui croyait sa flamme une flamme éternelle.
Ah ! si la constante amitié,
Toujours unie avec l'estime,
De ce cœur, par ses soins, conserva la moitié,
Elle le tire alors de ce profond abîme
De tristesse et d'ennui,
Où, nul et méprisable, il eût toujours langui.
Elle pardonne même un peu d'indifférence.
L'eût-il abandonnée, elle revient à lui ;
L'Amitié connaît seule une tendre indulgence.

Du veillard qu'on délaisse elle devient l'appui,
Dissipe son humeur chagrine et paresseuse,
A ses sens engourdis rend leur activité,
Réveille dans son sein une ardeur généreuse ;
Le bonjour d'un ami rappelle sa gaîté,
Qui, soudain, a fondu la glace des années.
Son esprit réchauffé retrouve sa vigueur ;
Le feu de l'entretien ravive ses pensées.

Pleines de verve et de chaleur,
Ses paroles pressées,
De sublimes projets tracent le large plan,
Signalent vingt abus, blament un sot usage,
Corrigent de l'état le régime présent;
Car il veut qu'ainsi, d'âge en âge,
Toujours on cherche à faire mieux;
Il veut qu'à leurs enfans léguent les bons ayeux,
Non un avenir gros d'orage,
La licence, puis l'esclavage,
Mais des vertus avec la liberté;
Et que notre postérité
Puisse enfin voir régner, plus heureuse et plus sage,
Entre les nations, l'Amitié, plus sûr gage
D'une solide paix, que le meilleur traité.

Ces élans des cœurs magnanimes,
Ce vif amour de son pays,
Tels sont les dignes fruits des Amitiés intimes.

Lorsque ce bon vieillard a perdu ses amis,
L'Amitié leur survit, et le soutient encore.
Leur mémoire est en lui; sa bouche les honore.
Il converse avec eux : mille doux souvenirs,
Sont la source de ses plaisirs,
En rappelant en lui de riantes images.
L'allegresse par fois fait palpiter son sein.

4

A ses yeux affaiblis le ciel est sans nuages;
Le calme le plus pur règne en son cœur serein.

Quoi! le croiriez-vous donc isolé sur la terre,
Sans parens, sans amis, parce qu'ils ne sont plus?
Non, me repondrez-vous, puisqu'il a ses vertus,
Ses charmans souvenirs, société si chère.
Eh! n'a-t-il pas encor le meilleur des amis,
Celui qui ne fait point de trompeuses promesses,
Dont on obtient toujours les divines tendresses
Par des mérites accomplis;
Celui qui, pour les siens, n'est jamais infidèle,
Ne fait point éprouver de cruelles rigueurs,
De caprices ni de froideurs,
Mais dont le joug est doux, l'alliance éternelle?

Voilà, voilà l'ami qu'il ne perdra jamais,
Qui charme ses vieux jours d'une douceur secrette,
Le transporte en esprit dans le séjour de paix,
Lui fait revoir ceux que son cœur regrette.
C'est dans un tel ravissement
Que son ame a quitté sa dépouille grossière,
Comme cette vapeur, cette vive lumière,
Qui, d'un marais fangeux, s'élève au firmament.
Il va se reposer dans le sein de Dieu-même;
Il va s'unir à ceux qu'il aime,
Pour ne jamais cesser de les aimer.

L'Amitié n'est dont point une belle chimère,
Une illusion passagère,
Qui vient un instant nous charmer.
C'est un bien qui de tous peut être la partage :
Il s'offre en tous temps, en tous lieux,
Au sein de l'indigence ou d'un dur esclavage,
Au fond d'un cachot ténébreux.
Oui, d'un Dieu bon la juste préférence
Bien plus souvent l'accorde au pauvre, au malheureux,
Qu'à l'homme à qui tout rit au sein de l'opulence.

Mais l'avare, l'ambitieux,
Dévorés de la soif d'un bien imaginaire,
A jamais sont privés de ce présent des cieux.
Du vice mille maux sont le juste salaire.
L'innocente Amitié fuit l'ame du méchant.
Sans cesse ne songeant qu'à nuire,
C'est la haine qu'il sent, c'est l'horreur qu'il inspire ;
Aussi, toute sa vie est un affreux tourment.
Point d'Amis au méchant ! il n'a que des complices
Qui, souvent, les premiers, provoquent ses supplices.
Mais la vertu, toujours s occupant de bienfaits,
De l'Amitié peut, seule, éprouver les délices.
L'Amitié ! c'est l'accord des vertus de la paix ;
C'est la ligue des bons pour résister aux vices.

C'est le remède du malheur,
Ne cessons point de le redire;
Et vengeons l'Amitié d'une indigne satire.

Qu'il est rare, dit-on, de rencontrer un cœur
Que n'effarouchent point les soupirs et les plaintes,
Qui vienne partager les craintes
De celui que du sort menace la rigueur!
Vous qui vîtes ces temps et de deuil et d'alarmes,
Où du toît paternel arrachés aux douceurs,
Des frères s'exilaient loin de leurs tendres sœurs,
Ah! vous savez combien elle essuya de larmes;
Combien de chers proscrits, au fer des opresseurs,
Arracha l'Amitié courageuse et fidèle,
Triste victime, hélas! souvent du plus saint zèle.

A la hâte quittant leurs parens consternés,
Tous ceux que des tyrans poursuivait la colère,
Et qui, par la souffrance ou les ans enchaînés,
Ne pouvaient plus s'enfuir dans la terre étrangère,
Au lieu le plus secret du toît de l'Amitié,
Trouvaient un invisible asile,
Où la tendresse, en secours si fertile,
La douce et sensible pitié,
Par des soins assidus soulageaient leurs misères,
D'infléxibles inquisiteurs
Trompaient les recherches sévères,
Et de terribles lois affrontaient les rigueurs.

O! de ces temps affreux qui dira les merveilles,
Et des hommes surpris charmera les oreilles,
Héroïque Amitié, par tes récits touchans?
Qui, d'un sexe faible et timide,
Dira l'heureuse adresse ou l'audace intrépide,
Pour dérober aux fureurs des méchans
Les têtes les plus chères?
Miracles de vertus!.... généreux dévouement,
Secrets si respectés, officieux mystères,
Facile et doux langage, irrésistible accent,
Beauté, grâces, alors armes si salutaires;
Ah! mille fois heureux le poéte éloquent,
Dont le cœur inspiré chantera dignement
Les bienfaits infinis qu'à la France éplorée
Fit éprouver, en ces jours de malheurs,
De vos charmes vainqueurs
La puissance adorée!

Qui vit de l'Amitié ces effets merveilleux,
La nomme en ses transports seconde providence.

Eh! d'où reçoit notre existence,
Surtout dans le malheur, des soins plus généreux?
Oui, pour soulager l'homme en sa misère extrême,
Et servir de leçon à des cœurs inhumains,
Dieu fait, dans les animaux même,
Briller de l'Amitié quelques rayons divins.

Toi, dont les tristes yeux,
Privés de la lumière,
Ne peuvent plus jouir du bel aspect des cieux,
Dont la douloureuse paupière,
Ne s'ouvre plus pour voir, mais pour pleurer ton sort;
Aveugle infortuné, pour qui s'est obscurcie
Tout-à-coup la nature, et plongé, dès ta vie,
Dans une ombre semblable à l'ombre de la mort ;
En cet horrible état, cette affreuse indigence,
Qui donc soulage, hélas! tant soit peu ta souffrance ?
« C'est ce bon animal, me dis-tu, c'est ce chien,
» dont l'œil si vigilant a remplacé le mien ;
» C'est mon seul guide et mon ami fidèle.
» De bien des gens il serait le modèle.
» Si je lui parle, il me répond ;
» Son expressif et doux langage
» de mon cœur attendri descend jusques au fond.
» Oui, son attachement de tout me dédommage;
» Il me semble trouver en lui mes sentimens,
» Une tendresse égale à l'humaine tendresse.
» Voyez comme il me rend caresse pour caresse,
» Et tourne sur les miens ses yeux compatissans !
» Entendez-vous comme il me dit : je t'aime ?
» Et sa délicatesse est réelle, est extrême.
» Voyez s'il touchera cette viande, ce pain,
» Que va lui présenter ma main ?

» Il attend, qu'entre nous, j'en fasse le partage,
» Qu'en mangeant le premier mon exemple l'engage.
» Partout je peux, sans crainte, avec lui voyager;
» Et toujours en avant, sentinelle attentive,
» A-t-il vu le moindre danger?
» Par son intelligence, aucun mal ne m'arrive.
» Ah! si quelque méchant,
» S'en venait menacer ma tête d'un seul signe!
» Oui, sur-le-champ,
» Son audace lâche et maligne,
» Aurait reçu son juste châtiment.
» O mon bon chien, fidèle compagnie,
» Mon aimable Médor,
» Ah! quel bien, quel trésor,
» Ferait, autant que toi, le bonheur de ma vie?»

Si l'amitié console le malheur,
De la plus heureuse existence
Elle double encore la douceur.
Un dieu sage nous fait éprouver, dès l'enfance,
Qu'il n'est de vrai bonheur
Que celui qu'avec nous un tendre ami partage;
Et ce besoin du cœur va croissant avec l'âge.

Voyons donc quel état remplit le mieux nos vœux,
Et comment l'Amitié nous y rend plus heureux.

Je vous salue, honorables asiles,

Où, par les tendres soins d'hommes doctes, pieux,
S'embellit de vertus et de talens utiles,
La docile jeunesse, espoir de ses ayeux;
Aimables lieux, studieuses retraites,
Où, loin de toute intrigue, et de ces tristes bruits
Qui pronostiquent les tempêtes,
L'Ame, en paix cultivée, abonde en si doux fruits;
Où, voisine du Ciel, elle en reçoit sans cesse
Les plus précieux dons,
L'intelligence et la sagesse,
Que l'orgueil indiscret de l'humaine faiblesse,
Ou la fougue des passions,
Ne convertissent point en funestes poisons.
C'est là, qu'au sein de la science,
Fleurit surtout la plus pure Amitié.

Heureux de ses doux nœuds qui peut être lié!
Pour lui s'ouvrent, de préférence,
Les trésors de l'expérience.
Vous, qu'inspire l'amour des lettres et des arts,
Ne vous isolez point dans le champ de la gloire.
Nourrissons d'Apollon, comme ceux du dieu Mars,
Par des efforts unis méritez la victoire.
Qui veut travailler seul trop souvent s'appauvrit;
Par de communs travaux toujours on s'enrichit.
Sur l'Hélicon ensemble habitaient les neuf sœurs;
Toutes obéissaient au Dieu de l'harmonie,

Et leurs divins concerts nous peignent les douceurs
De l'intime Amitié par les talens unie.

Les Graces, de ce nom charmant
Auraient-elles été par les Dieux appelées,
En demeurant entre elles isolées;
Et si, l'une par l'autre à la danse excitées,
Elles n'eussent offert, dans un chœur ravissant,
Des charmes réunis le parfait assemblage,
Riante et juste image
De la perfection,
Fruit toujours assuré de l'émulation ?

Vous imitez les Muses et les Grâces,
Vous dont l'étude à fixé les Amours.
O combien, pour suivre leurs traces,
Dans l'intime Amitié vous puisez de secours!
Ce qui n'est point soumis à sa critique amie
Est froid, rempli de mots et de tours vicieux
Echappés à notre incurie,
Et qu'un perfide orgueil embellit à nos yeux.

Mais, aux yeux d'un ami clairvoyant et sincère,
Qui toujours nous excite à de nouveaux progrès,
Et, loin de voir en nous un secret adversaire,
Fait, de nos plus brillans succès,
Son plaisir le plus doux, sa gloire la plus chère,

Aucun défaut n'échappe ; et son docte conseil,
Qu'assaisonne le ton de la délicatesse,
Ressemble au rayon du soleil
Qui rejouit nos yeux et jamais ne les blesse.
C'est ainsi qu'un ouvrage acquiert le plus grand prix;
Mais c'est un bien sans prix que de sages amis.

N'est-il donc d'Amitié qu'au fond de la retraite,
Dans le commerce des neuf sœurs ?
Ah! c'est bien là, je crois, qu'elle est la plus parfaite.
Pourtant ailleurs aussi l'on goûte ses douceurs ;
De l'humble agriculteur elle aime la chaumière,
Egaye ses travaux, modère ses désirs.
Elle suit le guerrier dans sa noble carrière ;
Et, si la mort l'atteint de sa faux meurtrière,
Reçoit ses derniers mots et ses derniers soupirs.
Elle entretient encore en ses fréquens voyages,
L'actif, l'utile commerçant,
Le transporte en esprit, par son enchantement,
Aux lieux où de son cœur sont restés les doux gages.

Quand le navigateur qui vieillissait, errant,
Depuis ses premiers ans, sur de lointaines plages,
Du sol natal enfin revoit les beaux rivages,
C'est l'Amitié qui fait battre son cœur.
Qu'il tarde à son impatience
De serrer, dans ses bras, un bon frère, une sœur,
Et les chers compagnons de son heureuse enfance !

Jeunes époux, bien plus que vos tendres amours,
L'Amitié, du voyage embellira le cours,
Seule, d'enfans chéris adoucira l'absence;
Seule, elle restera pour orner vos vieux jours.
Qui saurait exprimer la tendresse des pères ?
Est-il dans la nature un plus doux sentiment ?
Pourrai-je t'oublier, vive Amitié des frères?
Je te dois tout : jusqu'au dernier moment,
Ma mémoire fidèle,
D'un frère (1), mon digne modèle,
Au cœur le plus reconnaissant,
Retracera les soins, le religieux zèle.

O pieuse Amitié d'un maître vertueux,
Qui changes une école en un auguste temple,
Dans tous les temps, le plus cher de mes vœux
Fut de joindre, par toi, le précepte à l'exemple,
Pour vivre dans les cœurs de disciples heureux.

Et vous qui, de l'abeille imitant l'industrie,
Dans tous les arts divers brillez d'un vrai talent,
Vous que dans vos travaux guident un cœur aimant,
Le désir seul du bien, l'honneur de la patrie;
Le Ciel, de l'Amitié vous doit le doux présent.
Qu'en charmant vos soucis elle orne votre vie,

---

[1] Organiste de la cathédrale d'Angers.

Soulage vos soins bienfaisans,
Prolonge vos utiles ans,
Vous versant à longs traits sa divine embroisie.
Toi (1) qui me conservas une fille chérie,
Ah! mon cœur t'a voué ces tendres sentimens.

Mais, qui de l'Amitié n'admire ce prodige?
Elle joint, par des nœuds qui tiennent du prestige,
Des êtres éloignés, l'un à l'autre inconnus,
Dont les cœurs, franchissant une immense distance,
Par des rapports secrets, connaissant leurs vertus,
Correspondent dans le silence,
S'aiment avec autant d'ardeur et de constance
Que des amis qui se sont toujours vus.

Ainsi, ce sentiment au loin se communique,
S'étend, et gagne un peuple tout entier,
Remplace la haine publique.
De l'antique justice il rouvre le sentier,
Y rappelle la politique,
Au lieu du noir cyprès fait croître l'olivier.

Entre les nations, l'Amitié se cultive
Comme parmi les citoyens.
En peu de temps elle y ravive
Les sources de tous les vrais biens.

---

[1] Le docteur Lepelletier, médecin au Mans.

Mais une bienveillance aussi franche qu'active,
Seule, peut en former les solides liens.

O France, ô ma patrie!
Assez long-temps tes illustres guerriers,
Ont, en tous lieux, moissoné des lauriers.
De Mars, de la Victoire, ô nation chérie,
Si le malheur à son tour t'a flétrie,
C'est pour te rendre enfin aux douceurs de la paix,
Et te faire sentir le prix de ses bienfaits.
Fière et généreuse ennemie,
Fais-toi chérir, après t'être fait redouter.
A l'éclat de ta gloire, oui, tu sais ajouter
L'honneur, plus grand encor, d'être fidèle amie.
De la prospérité, de la douce union,
Fais revivre en ton sein les germes salutaires;
Préserve tes enfans des erreurs mensongères,
Par la saine morale et la religion.

Peuples amis, enfin l'humanité respire:
Des sciences, des arts, agrandissez l'empire;
Vers un ordre si beau tournez tous vos esprits;
Poursuivez ces desseins noblement entrepris,
Et, de Votre SAINTE ALLIANCE
Resserrant les augustes nœuds,
Qu'une éternelle paix réalise les vœux
Des sages de la France!

Le Ciel, de cette aimable paix,
Vient de nous accorder le plus solide gage (1).
D'un horrible malheur, du plus triste veuvage,
Notre plus doux espoir vient de naître, ô Français ;
Comme, dans un affreux naufrage,
Luit un astre sauveur qui nous conduit au port.
O prodige ! du sein d'une cruelle mort
Privant de rejetton l'antique Dynastie,
Renaît notre HENRI, l'amour de la patrie.

Ah ! réunissons-nous autour de son berceau :
Qu'il soit pour nous l'arche sacrée,
Où la fidélité, par tous les cœurs jurée,
A la nouvelle loi mette le dernier sceau.
Quand, reconcilié, le Ciel, dans sa clémence,
Par cet auguste enfant vient sourire à la France,
Ah ! qui pourrait encor, dans son égarement,
Nourrir quelque ressentiment ?

Répondons à la voix du Monarque, du père,
De l'ami de tous ses sujets ;
Et, qu'à son digne exemple, une Amitié de frère,
Sentiment dont ma lyre a chanté les bienfaits,
Sous sa race à jamais prospère,
Puisse, dans tous les rangs, unir les cœurs français.

FIN.

1] Par la naissance de S. A. R, M.gr le duc de Bordeaux.